おくやま なおこ 詩集

存在の海より

——四つの試みの為のエチュード

コールサック社

存在の海より——四つの試みの為のエチュード

目次

存在の海より

——四つの試みの為のエチュード

おくやまなおこ

これから四つの試みがあるからと
告げる存在があった

〈序　詩〉　魂をつなぐ歌の力を

冬枯れ
風が戸板をゆすり
一つの声が静寂《しじま》をぬける
胸内のこの火を絶やすことなく…
僅かな熾火をよせる背に
陰翳《かげ》は色濃く

いつもの夜
背中合わせの死と生が
そこここに息づく
墜ちてゆくことにより
触れえたものの残り香
炉よりのぼる

去りまた来るもの
沈んでいった形
虚空に遍在する星たちの反映
増減する小宇宙に
障壁は限りなく
風がしのぶ

荒び和む姿はかつてのものか
ゆらゆらのぼる火先《ほさき》に
　あらたな気息《いき》を
　　ふきかけ
形を失うともみえる
種子のゆくえ

そう　こんな夜には

もうおやすみ
その眠りの時にも織られもしよう
単調な夜々
育むべき火の温もり
　霊《ひ》のきざはし

気負いのない
目覚めへの意志
こんなにも近く
ものみな
読み解かれるのを待ちつづけ
内界を開いてゆく

　薔薇色の海は
わずか波立ち

とおい
子守歌を
うたいつづけ

しずまらぬ熱にあえいでいる
波間ただよう
　木の葉のごと
半身ののぞむ死には一つ
魂をつなぐ
　歌のちからを

〈其の一〉

待ち構えていると突風がおこり
何の試みであったか　神殿がみえた

I　何の徴《しるし》か…

今はひび割れた鏡に映しだされる　幾つもの顔
見え隠れする幼年期から現在　笑っている
おどけている　それを見ている私の顔は映さない
とおい風景　私の中の死者たちの見る

死はいつも身近なものとしてあるのに
何故あの時とりあげられてあったのか
見知らぬ風景　古代風の
あるいは共に過ごした前世の記憶のような

心ゆさぶる旋律や風景の一角

当のものの消えた後にも寄せる波のように
光の中　色彩や驚きに満ちていた世界
その残されてある余韻と燃えさし

夢ならばさめる　一瞬の光芒もやがては時の瓦礫
けれどもその目と重ね合わせ重ね合いながら
他のものも映すだろう

死者たちの忍耐
永いことそれと気づかずに共にあった
恐怖が恐怖でなくなる経過のうちに生まれた意志
立ちふさがっていた不安も消えた

そしていまも紡がれる縦と横糸
それぞれに結び合い

大空にはためいている
私らの地図であったかもしれぬもの
　認められる小さな炎は凝らすほどに揺らぎ
　逸らすほどに燃えさかる
何の徴か　熱を欠いたもののまとうにはふさわしく

この空間を満たしているのは私らの願い
かつて謎であったものから新たな島へ
言葉は導くだろうか
語っているのは　他のものかもしれない

Ⅱ　存在の海をとおく

祭礼の歌声や笛の音を

とおく
私らの旅立ち
夢の領域を抜ける
一つの調べから
誘いと意志とが結ぶ
星そして光
自ら放ち
互いを照らすほどに
強く保たせ
見ひらいて在れ

私らの行く手　死者のみるものを私もみる
いまだ薄明の中を　距離や位置
方位も定められず　疑いはかつて粉々にした
ただ信頼の力　死者は私なのだ

存在の海をとおく挨拶のように
　風がゆく　（私らの海）
そう発する魂の震えが拡がり
波の上をゆく風となる

　風まとう存在たちよ
　その衣裳を
　自在とせよ
　謎へと飛翔する魂が
　謎そのものとなるほどに
　転生から転生
　私らの星の示す

あなたの後を追い　あの徴を求め

このような時　あなたは認められず
あなたは夢　どこへ向かっているのか
ただ降りかかる色彩が予感させる

人の目には隠されている存在たち
死の領域に住まう私らには親しいと
人間の霊感の源
かつてはすべてが渾然とあった

　眠りと
眠りからさめた
　幼子の実在
あの晴れやかさの中
　あなた方もいた

喜ばしさに満たされてゆく魂
あまたの実在の中にある　私らの周囲を
音の波が拡がる

源のとおくちかく
　けれども今
示されるであろうものは
　神々の館
神託の巫女が
　恍惚と苦痛のうちに
語る言葉にはその影
　神々はここを去り

憧れを持続させることなのだ
いまだある弱さを見抜いて死者がいう

共に歩いた道にかつての恐怖を見たろうか
この空間を満たす音のうち
みな輝いているではないか

過去と現在　私らの旅の徴
星々が合となす
秘密の開示されるという石
魂に現われてくる声
　それを私らは語ろう

Ⅲ　あなたは「在れ」と言われた

どこへとも言われず
行けと言われた

私は太陽と雲　鳥や葉のそよぎに
一日の行方を定めた
そうして出会った人々に
ただ「在れ」と
あなたの言葉を伝え
あなたの言葉は自明なものとなった

彼らの生命
喜びや悲しみ　愛や憎悪　生と死
戦いの勝利や敗北も
あなたの「在れ」という言葉
そのままに　いや増し
多くの愛の神　死の神
戦闘の神々とが生まれたのだった

私はどれほどの歳月を
死しても在れという
あなたの言葉と共に
さまよっていたことだろう
在ることの喜びは私には
無縁なものとなった

神殿に祀られた神々はその栄光を競い
民は敬い　敬うことを強いられもした
あなたは多くの種を播かれたかもしれない
だが一方　悲惨と破滅も
増してゆくばかりだった

世界はあなたを知らず
人間と偶像の神々の坩堝となった

そしてそれでも尚
あなたは
「在れ」と言われた

Ⅳ　地は滅びるであろうと　あなたは言われる

魔術のこの地
私の命は全うされえぬだろう
私はあなたの言葉を伝えた
だが私は非力だ
私の言葉は彼らの生贄の煙に遮られ
私のもとに戻される
地は聞いたかもしれない
けれども一本の草も育たなかった

神よ
あなたは幻なのでしょうか
私にはこんなにも確かなあなたが
何故彼らにその姿を現わさずにあるのか
その問いをあなたは私に返した
自ら問う私は何を打ち明ければよかったのか
あなたは全てを見透かしていたはずだった

神よ
（もう私の声は震える）
私らのあの黙想の日々
はじめてその姿を現わされた時
あなたは私らにそれぞれの道を示され
そして流れついたこの地　私は

魔術に手を染めていたのだ！
その時から私の語るあなたの言葉は
力を失っていた

地は滅びるであろうと
あなたは言われる
そしてその言葉の印この銘板を
眼下の川に投げ入れよと言われる
それがあなたの御心ならば
今すぐそれを為すであろう！

V　兄の悲痛な声を聞いた

風を突き抜けて兄の悲痛な声を聞いた

かえることのないその決意に
祈りはとだえ
同じ痛みにふるえる

心のうちに現われ消えゆく
兄の姿は老いさらばえ
嵐の中を荒野から荒地
追われるようにさらに荒野へ

祈りはいつしか歌となった
苦悩はもはや歌えず
季節と星と芽吹く命と思い出

そして神は何も語らずただ微笑みかけた
そのように私も兄に微笑んでいた

（共に過ごした光の日々にありますように……）
風音に訪れと兄の姿を認めて

Ⅵ　時空を超える愛の神秘を…

水と光のあるところ
今も映し出される
銀河　星間　天と地
彼らの歩みをたどり
導かれてゆく
闇　光　火と水
老年と幼年の魂が相互に照らす
兄そして妹
この空間にあっては

一対の存在
再び「神よ」と発する声が
風となる

あなたの微笑
「神よ」全霊をこめて発す
この道の途上で出会う絶望にも
耐える力を見いだせるであろう

あのように彷徨っていたことの計らい
善悪や知恵の実を食して遙かな道は
神よ　あなたは
いつの時にも導き手です

私らはみる

光に包まれてゆく
彼らの姿
星たちの瞬き
川原にたたずみ
太陽と月を映し
それとしられず
岸と岸とを
石たちが
つなぎあう

徴をよむ　岸への道を多くの存在が
かつて渡り　これからも渡るであろう
存在のあかしと畏敬が願いとなる時
往きそしてまた還ってゆく
星の霊　水の煌き　立ちのぼる炎

風は使者となって世界をめぐった
先人の魂が語り　周囲が囁いていた
人間の智恵の及ばぬ力にゆだねて
今ふたりは一つの存在となる

光　翼　波　私はそれらであった
天空の大樹の枝から枝をとぶ鳥であった
風をまとっていまだ生まれぬ子であった
父よ母よとは呼べない
信じられるものを信じた

そして波に見えかくれする銘板の文字が
立ちのぼり別様に形成されるのを見た
つかのま光を放ち波に沈み又くり返される
浄化され命を吹き込まれた

文字の輪舞が鼓舞する
　霊《ひ》の熱
ここでは二極が一なるものの証であった

炎と飛沫の輪舞のうち
闇は光の契機
闇から光　光から闇
善は悪を　悪は善を孕んで
霊の熱がそれらを
至高のものへと導いていた
この道で出会う
至福は恐怖を　恐怖は至福を抱いて
道を示した

幸いなるかな

生あるうちに
　道を見いだしたる存在
生と死の秘儀
　往還の歴史は
ひそやかに
　つづくのだ

とおざかってゆく
歌声や光
神殿をあとに
どのように
七つの星を
過ぎていったか
もはや私には
　追えない

☆

何度でもやり直せるのだと死者は言う
命ある水　消えることのない文字
時空を超える愛の神秘を目の当たりに
同じことは繰り返されぬとも

この転生の周期は死者だけが知っていた
　朝に夜に目を見開いて待つ時の一巡
つかのまの眠り　夜の王国
ようやく死者たちを認めて語る

はじめて出会ったのは何時のことか
解体を意志した以前？
何故身近な存在を知りえぬのだろう

そんなとまどいよりも促す声は力強く
一つの身振りに淡い炎をまとわせ
たちまち死者の車輪に在るのだ

〈其の二〉　次には十字架が見えた…

Ⅰ　夢の子宮に息づいているものたち

炎と化した願いも
広大な領域にあっては
風の気息にゆれる
彼はあちらからこちら
自らつくりだした夢を伴侶に
さまよっていた
岩も石も寄る辺とはなりえず
黙せる魂と移動する泉
存在への愛の証と
身体を抜けてゆく風の後
新月を仰いで

温めたであろう夢を強く抱いた

水の女　死者の軀のような
かつては炎　自らの萌芽とも思えた分身
何が起こっていたのか
　　夢の終焉　否　自らの死
魂はもうここにはなかった

月齢はすすむ
夢は死と共に終わったろうか
夢は夢を我がものとする男の死こそ
望んだのではなかったか
夢の凍結　仮死からの帰還

彼は再び歩きはじめていた

この領域を見定めねばならない
岩は岩であるのか
泉は泉なのか
そして私は私であったことがあるだろうか
あまりに限定された夢は
いつか呼吸を止めるだろう

香気や微光を吸う彼の顔は和らいでいた
息づいている魂や霊たちが感じられた
呼びかけるにはふさわしい言葉をもたない
すべてが何ものかの現われであると感じられた

観るほどに燃えていると思える火
岩や石の形を透かして輝いている光

夢もそれ自体を生きはじめていた
同じ呼気と吸気を　拡大しつつ
男こそ夢　すべて夢の胎内にあった
夢の子宮に息づいているものたち
かつても今もそれと気づかずにある現存

彼は額をあげ
風の中に呼びかける声をきいた
満月を映して
　今日　私はあらたに生まれるだろう
大地へのくちづけが
すべての存在への愛の証であるように
夢は橋を渡し　つかのま
　抱擁していた

Ⅱ　あなたの存在への愛が宇宙に拡がる

あなたの創造物ともいえる
わたしはこれまで
あなたとその炎を見つめていました
あなたの酷薄な美
あなたの夢がわたしの夢であったかどうか

希望は時おり周囲を照らす
あなたの精神であったといえるでしょう
けれどもその輝きは移ろいやすく
たちまち闇に閉ざされ
わたしらは何処を
　どのように彷徨っていたのか

そしてもはや
わたしらの死ともいうべき今日
わたしらは宇宙に取り込まれ
光と声とに貫かれて
甦っていたのです

わたしらは新たなる存在
予感の中を行く存在
わたしはあなたの
母であり妻であり恋人であり
あなたと同じいまだ世界を知らぬ幼子
光と香気と風を吸って拡がる

わたしらを育てるのは
ここにあるいっさいの存在たち

彼らは神の気息を吹き込まれた命
師であり良き友であり
試練を与えるものでもあるでしょう

わたしは今あなたの存在への愛が
宇宙に拡がるのを観ました
あなたの透明なまなざしと
祈りにも似た炎から
霊光の拡がるのを観ました

わたしはあなたと共にあるもの
あなたから生まれた夢であり
あなたの生命なのです

Ⅲ　存在の気配のない建築は何と虚ろなものだろう

揺れうごく周縁をつたい
彼は高揚の余韻を
そこここに見ていた

閉じたり開いたり
内側から色彩を照らす
魂　花　白鳥や黒鳥　光と影との
めまぐるしい

（死の娘あるいは悦びの使者
　煉獄から光の周囲まで
　わたしの愛はおよぶ）
（汝もしこの先を行くことを

　欲するならば我が門を行け）
（私の中で生まれようともがいているのは
　　あなたの闇ではありませんか）
（あの司祭の語る言葉は
　　　彼のものではなかった）
（ここは幻の花園　もはや行くことも
　帰ることもかなわぬ）

死の神は微笑み
自然はとおいところで歌っていた
かつて描いた建築に
いつかしら引き寄せられ

あふれるほどの想いを抱えて
扉から扉　回廊から回廊

徐々に影の増す迷宮を黙して

自らの囚人
音楽が死者のものであった頃
彼は死者であった
いま彼が何者であるか語るものはなく

私はかつての者ではない
何故今また巡っているのか

出口のない光の薄れゆく中で
求めたものはすでに去り
力や熱は捉えようとすると
　たちまち消え

（私が私であることにもまして
存在の気配のない建築は
何と虚ろなものだろう）

と　くずおれる壁の
すきまから夢の鼓動
花々の咲き乱れる周縁に
とりどりの色彩に照らされ

彼は夢のうちあるいは夢を胸に
互いの交感　精神の合一が
私でも私らでもない
と語らせ囁くのをきいた

Ⅳ　しずかな建設への願いが

夜　宝石を散りばめた天と地のあわい
無限の拡がりと凛とした光彩の中
すべての現存に浸され
彼は立ちつくしていた

石の回想や由来
泉の顫音《トリル》　喜びと思い出
色彩をとおして語る星々

自らを消滅させるほどに流れ入る
軽やかさや重みの霊
魂の打ちあける
情熱や苦悩　しずかな建設への願いが

彼のものとなっていった

岩の教える想起の術は
生誕を超えこの領域を超え
別様な形で在ったこと
宇宙の一つの星にまで
導いたかにみえたが
それも夢ここに在ることも
また夢かと思えた

　けれども刻みこまれた調和の印象

泉はまた歌っていた
存在をあまねく満たしている喜び
滅することも生ずることも

変化の形態
何一つ失われはしないと

彼は過去の冷たくながい
放浪や探求の道のりを思った
そしていま共感の感情が
齎《もたら》されてあることに気づいた
自らの夢とは何であったろう
私らを貫いた光は
何という霊の賜物を齎していたことか

滅却と行為の喜び
魂たちと在ることの喜び
自らのものでもあった苦悩を
さらに受け入れ

彼は風に委ねて歩いていた
歩行は魂たちの祈りを映して
明晰な陶酔　透明な炎
中心へと高まりゆく命と化し

彼は霊　光り輝く霊を観じた

V　諸存在をつなぐ愛が高まり

鎮魂の歌と
天体の音楽との交わる
霊たちの頌歌
彼らの形成する十字形は

努力と霊化の道を示して
天に地に流れ入る

こうして生命を賦与された
魂たちの歩み来る道
清澄な波の抑揚から
諸存在をつなぐ
愛が高まり
世界は荘厳な翼

苦悩や悲嘆
恐怖や過ちが
解き放たれ　結び直され
存在の根拠に吹き込まれる熱
闇は世界の助力者でもあった

身を沈めていた大地は
底なき無辺
自らの祈りの引き寄せていた
豊饒さのうち
彼は彼らとなった

祈りは
あまねく
我らの声を
魂はみな
きくであろう
道はすでに開かれ
努力は世界を
霊化してゆく

かくあれとの願い
かくあれとの祈りが
つくりあげた
この世界を
我らは
ふたたび
流すのだ

高められた大地は基《もとい》
命あるものみな石を巡り
姿を変え
遍在する光の中で
自らを明かしていた

彼らのまなざし彼らの歌

それは世界における
透明さや熱
まとう色とその自在
失われずにある一つの核

彼は再び小さな存在としてあった
「わたしは」とくちびるに声をのぼらす
「存在するものすべてのうちに
十字架の立てられてあるのを見た……」

Ⅵ　親和する力が意志そのものとなるほどに

わたしはおまえと夢との
合一から生まれた新たなる自由

わたしは又その転生を貫き
運命を用意するものとして在った

しだいに面変わりしてゆくわたしは
ふたりを映し出す鏡
そしてたえず形成し変容を重ねて
未来へと導くあの創造の力

・

わたしはおまえの苦悩の時
いつも傍らにあった
その解体と孤独の中で
おまえはわたしを
予感を通して知ったのだ

無意識へと誘い闇のうち

多様な姿で現われ囁いたのはわたしと
たえず働きかける宇宙の実在
わたしらは色彩に作用し
おまえの記した文字を
鼓舞したのだ

けれどもおまえは怖れ
直視する力を求めず
冷たさのうちおまえだけの
夢を育んでいた
その夢の形にわたしは
私自身を流し込んだ

時におまえの手を逃れる夢は
憧れへと導く香気

そして何時かおまえが
共感のうちに目覚めることのできるよう
愛そのものとなったのだ

愛におまえが死ぬ時
愛はおまえ自身を打ち明ける
愛におまえが包まれる時
おまえはあるべくおまえを生み出してゆく
それは魂と魂とをつなぐ夢の本質
それは死者たちの祈り

そのように
すべての存在のうち
わたしらは生きそして働く
探求と共感から人間が

己の使命に目覚めるまで
親和する力が
意志そのものとなるほどに

そしてわたしらの働きと
もはや喜びと化した
人類の働きとの合一が
宇宙に新たな音楽と言葉
　人をして
未来の人間へと至らすのだ

Ⅶ　生まれくる命のために

ひっそりと夢は彼のうちを浸し

初めのように一つであった
黙想する彼の頭部から額
降りかかる光は語りつづけた

過去と未来　死と生
思い出と予感の力
存在を貫く意志の形成
出会いの意味
自由な精神にある中心

光とて従わせるものではない
けれども人間の一部となり
光の去った後にも在る確かな意識

宇宙の風の只中で

微動だにせぬ
聖なる泉
微動だにせぬ彼は
しずかに道を定めていた

☆

つかのま死者と私は彼であり夢であり
交替する魂であった　旅の途上で出会った自然は
透明な色彩　透明な光
通りすぎる私らの風に向けて

贈られた微笑は喜びと羞恥を齎していた
この余韻のうちに死者たちは視界を去り
再び冬が廻っていた　心かよわした後には別れ

多くの謎を残して…

新たな訪れや徴はどのように結びつくのか
霊界の地図はとりとめなく
息をひそめる存在たちの間
　はじめの歌が流れていた

みちわきには
花のなごり
みちわきには
ほころびはじめた
命のあかし
魂から魂
生まれくる
命のために

歌にのせてあの魂や死者たちが
空の彼方　中心で溶け合い
十二宮の星のごと　又おのおの
独立した存在となりめぐる

何が起こっていたのか　私の魂にも
引き起こされていた確かな変化
星の一つ　光の一つ
仰ぎ見つめながら　しばし黙す

〈其の三〉　三番目はもう訪れては来なかった

Ⅰ　宇宙の言葉を響かせよ

一

中心において
温められた意志は力
新しい世界は
視線を内に向けつつ
外に放射した時
見出せるであろう
霊に満たされて進む存在
灼熱の意志を常に内から
観つづけよ

二

創造する
魂のうちを行く
大地の豊饒が
天の豊饒であれと
空を仰ぎ
イシスの微笑を
祈願した
霊の光は宙を照らし
人間の道を示していた

三

杖を持つ存在

引き裂かれる知より
輝く光の秘密をあかす
二極のあいだ
確かな智慧が内実となる
予感と直観を
正確な行為となす
その時　魂の内から
光が迸《ほとばし》る

四

天に地に
老いることなく
宿し育てる命
支える力は

安らかさのうち
魂の光を増してゆく
それは空の彼方まで拡がり
新たな精神の力が
再び幼子の魂を包んでいる

五

太陽の光と共に
熱が信頼の力を保つ
あふれる感覚は
世界と自らとを
竪琴の調べで満たし
聴く存在の魂を
聖なる光のうちに置く
幾度とない目覚め

魂は昨日の存在ではなかった

六

魂の処女地に今日
光がわたり
霊の本性を知る
徳の力を説きつつ
近づいてくる存在は
世界と歴史のうちにある
真の徳をあかし
宇宙の羊皮紙に
書き記す

七

時代に生きる
必然を知りえた今
自らを宇宙の意志で
満たしてゆく
行為を真理の鏡に照らし
力強く手を取り合い
この時かけがえのない
魂はみな
霊の光に包まれる

八

創造する深い泉よ
あなたの形成する力は
不死鳥となり

世界をめぐった
憧れに満たされて立つ
オシリスよ
今一度人間の魂のうちに
宇宙の言葉を
響かせよ

九

宇宙の素材から
織られた生命は本来の力
光まとう魂の内実は
祈りに応える
探究のうちに
見出された意志

認識の力と言葉を
魂のうちに響かせ
神の光を観るとき

十

神的な空の高みから
新たな生命が
地球を満たし
光が存在を貫いていた
魂と魂は内から輝き
共鳴する
霊の音楽となって
互いの魂のうち
自らを認めていた

十一

宇宙の音楽の中で
創造する霊たちの
絶え間ない精錬
霊気の中
すべての存在の
変容の光の内
生み出される果実は
宇宙に献げる人間の
新しい供犠《くぎ》となる

十二

愛に満たされた光に

喜びのうち
宇宙は壮麗な姿を現わし
霊の言葉を
今またそそぐ
温められ
強められた魂は
更なる共働へと
進んでゆく

Ⅱ　魂の奥の聖なるものは

星々の音楽が
地球をおおい
予感に貫かれて

語りはじめた
聖堂に刻印づけられた
命の文字
十二の魂が印した祈り

願わくは天使よ
我らを常に
霊の本性の内に
在らしめたまえ

祈りは自らの意志であった
彼らは扉を開き
祭壇の光の赫々《あかあか》と
燃えさかるのを観た

夜明け前の静寂
樹々の紫
自然の開示する照応
魂に流れ入る
互いの熱と共に
彼らはまどろみの内にある
魂に向けて
最初の声を発した

「友よ」

自然は
呼気と吸気のはざま揺れ
目覚めの前
魂に現われる像が

新しい現実となった

久しく忘れていた
なつかしい響き
子どもの頃
日の暮れるまで
遊んでいた
仲間たち
沈む太陽を指で示し
天使がいつも
見ていると言った
年上の友の言葉

「私らの道はあなた方の道と重なり合う」

帰途くらい夜道を
ひとり心細さに歌った
即興の歌
星々の光や色彩も
歌っていた
月の光よ　木立よ
いま私は
どこにいるのだろう

「魂の奥の聖なるものは」

流れ去る印象と
日々の労働の内に
埋没し　疲れはて
見失っていたもの

それは何であったか
「すべての人間を導いてきた」

ふとこぼれる微笑
共に手がけた仕事にあった
信頼と魂の交流
あれらがそれなのだろうか
確かにそれは
救いではあったが
表層の波のようでもあった
「信頼に加えねばならぬのは光の意識」

音楽が甦っていた

いつもの道の上で
それがどこから来たものか
問えずに
私は至福の中にいた

「それを知ることは私らの希望」

すでに去りて
何ものもなく
見わたせばひとり
歩きつづけた道に
光と風と薔薇と
仲間たちがいて

Ⅲ　薔薇

夕べの赤い薔薇の映す
炎と太陽の光輝
鳥は驚いて星が
太陽を廻るように廻った

真夜中その衣裳をとき
光に満たされて自らのうち
純白の薔薇は
星々を映し人間の祈りを映し
幾世紀か変容を重ねる神秘

そして朝に
自らの血と

太陽で飾る薔薇は
人間の初子であった

☆

つかのま夢みた
薔薇の変容
人間とは
　何であったか

Ⅳ　霊に刻印された言葉であれと

「畏敬と人間の
　　新しい意志とが作り上げる」

明るい仲間たちの声と共に
再び歩きはじめていた
薔薇は天に地に咲き
私らは天を地を行く存在であった
困難さのうち
不思議な明るさのうち

「愛と創造する愛が
　　　鳥の飛翔と共に運ばれ」

かつて播かれたであろう種子を
大地と光と水と願いとが
育んでいた
友の祈りは私の祈りであり

私の祈りは友の祈りであった
静謐な時のかもしだす空間
愛に満たされていた時

「あるべく人間の努力が
　世界と自然を本来のものとなす」

長い長い道のりは
長い発見の旅でもあった
友が見るように見る
いまだ世界は
驚きに満ちていた
川の水は銀河を映し
木々の影は橋を渡した
私らは世界と自然に学びつつ

世界と自然の語りかけるのをきいた
精一杯の愛を
どのように表わせばいいのか

「そしてただ一度の恩寵と」

日々の営みの中で
見過ごしていたかもしれない一瞬
まなざし　囁かれた言葉
色彩や抑揚　現われてくる輝き
鳥が窓辺で時をしらせる
雨や嵐の日にもあった平安
今この時
魂の内からこちらへと
歩み来る存在たちの

呼びかけを　もう
幻とは言うまい

「自覚された人間の自由な努力が」

愛するものたち
かけがえのないものたち
私に出来るだろうことからはじめよう
この道の途上
出会うであろうものたちとの
変容する魂の道が
地上から放つ天の音楽となるように
地球の愛の贈物となるように
転生の道の途上に…

「共生する命と魂とを導くのだ」

☆

再び私らを
静寂が包んでいた
朝まだき
何人か語りおえて
戸口を去った

彼らの見上げる空には
星のまたたき
天使の共働
一つの火が各々たもつ
人間の火となるまで

霊に刻印された
言葉であれと

V　私らの意志　それは力強い宇宙の意志

一

人間の霊の領域から
立ち現われた意志が結ぶ
天使よ
新しい現実から
時代への移行を
あなたと私らのうちに観た
この霊の炎と共に

私らは力のかぎり
歩むのだ

二

何故にと問われるならば
遡るのではなく
イシスよ　あなたは
変容をとげる常なる現存
その親和力が
世界と歴史のうちに
常に在れと祈りつつ
天に地にその果実を
実らせたいと願うのだ

三

拡大する光は
鉄で鍛えられた知
霊の励ましと共に
人間の杖の示す
道の先にうなずく光
大宇宙と小宇宙
分裂から統合への
新たな光を今
魂の礎石となす

四

暖かな光と共に

命の鼓動が響く
私らは育む
何よりも新しい命を胸に
それは宇宙に齎された
人間の霊性
祝福と厳粛さのうち
天使と地球の霊たちが
挨拶をおくる

五

人間を支える
信頼と感覚の高まりが
私らを熱と光のうちに在る
霊の住人とした

生命の原像
生命の活動が調和のうち
別様な光を帯び
地上の生をさらなる
霊の音楽で満たしてゆく

六

霊の本性において
知りえた真の徳は
世界と歴史の力
体現する人間の良心に
自然は共働の未来
それは宇宙に記された
記録とともに

過ちから私らを守り
地球の未来を築いてゆく

七

私らの意志
それは力強い宇宙の意志
畏敬と認識の力から
この時代における
真の現実へと
まなざしを注いで
共働の車輪を
　怯まず臆せず
熱い魂が交流する

八

解き放たれた深い愛が
宇宙をめぐり
魂に宿った
神の無私の行為に
震えながら誓う
私らも無私のうちに
創造する愛を
献げるのだと

九

人間の祈りと
霊性のうちに齎された

宇宙の言葉が光を放つ
神の愛の無限
私らは言葉を生きる
私らが愛を体現しつつ
自覚された霊の言葉を
発する時　私らは
言葉そのものとなるだろう

十

歴史と時間のうちに
星々と地球の霊をも
生きるべく人間への変容
それは地球と世界の
未来を示す人間の萌芽

歴史の中の恩寵に想いを寄せ
私らの見あげる空に
マリアと天使の
光に包まれたまなざしがある

十一

私らの努力と
呼応する世界の努力
創造する霊の果実が
　一つ二つ
大宇宙に小宇宙に流れ入り
透明な愛の果実を実らせる
自由な意志から生まれた霊たち
新しい時代の予感と共に

いま産声をあげる

十二

祝福のうちに
宇宙は人間の霊の奥処に
この自由の霊を据えた
厳粛さに満たされて
人間と世界は
静謐な星　透明な星
真の宇宙の時代の日へと
この新しい霊の炎を
常に燃やすと再び誓う

〈其の四〉　四番目の訪れもなく……

Ⅰ　宇宙の小さな炎　たとえ塵のような…

眠りと目覚め　昼と夜　世界に組み込まれ
それと気づくまでに
どれほどの転生を重ねればよいのか
天と地　光の中で　私と発することにあった
非人称の響き

私とは在るもの　存在するもの全てであり
これから生まれようとする何かであった

宇宙の小さな炎
たとえ塵のようなものにすぎなくとも

どのようにか変わらねばならない
障壁とは私の中にあるものであり
意識の転換の謂かもしれなかった

私らは死者であった
私らはあなた方であった
私らは人間であると共に
他の存在でもあったのではなかったか
深い記憶の海から
あなた方は生まれたのではないか
そうして霊の音楽のうちに
再び目覚めていたのではなかったか

Ⅱ　誰か「私は在る」と言え

音の闇　光の痕跡
風のとだえた
石のうえに咲く花
人間の夢のあわい
水の記憶よりも青く

降された雷光の余韻に
いまだふるえ　花は
鳥になりたいと願った
水面をおおう
闇のうちにあの光の雫

内から外　外から内

循環し境界をなくして
樹は花のうちより生い続けた
鳥の行路をうつし
世界の姿そのままに

どれほどの時
どれほどの躊躇
一瞬一瞬の永遠が
そこここに在った
火をかざし
移動する存在たちの後

花々の光の増す
名を知るもの
名を呼ぶもの

渦巻く空の彼方から
自らを知らぬ命よ
目覚めよと呼びかけ

夢から覚めて夢の大地
今も「在れ」と木霊する　私は何であったか
誰であろうとしているのか
渦巻く光の輪舞より　誰か「私は在る」と言え

形なきもの　光の洪水によもや呑みこまれても
私は光の声をきいた　不可思議な名の
響くのをきいた

呼ばわるものの移りゆく
光の過剰は闇ではないか

破壊の大いなる力ではないのか

光と火の娘たち
世界はいまだ感じられるだけのものでしかない

ひかりのなかの
あらぶる
たましいに
かたりかけてた
とおいむかし
かがやき
はじめていた
ばんぶつの
れいせい

どのように私は在る　炎の波　その彼方
娘たちは髪をなびかせ　立ち止まり

聖霊の樹

その果実を食すがよい
汝の智恵と辛苦が贖われる
四重のあらわれ
連鎖し浸透する星と光が
生命の糧となるだろう

火の娘たちの水くみ潤す
大地はそのように養われてきた
娘たちの希望　娘たちの確信

すべての原像がその胸には在る

あるべく人間の姿をなぞり
樹は一なる存在より生み出された
汝の目が開かれているなら観るだろう
樹の全容　樹をめぐる存在たち

その顕現はいつの時にも
始原《はじめ》と一つの終焉《おわり》を結ぶもの
それ故　再び生まれるために
その果実を食すがよい

再び問う　どのようにして私は在る
上昇し下降する私は
すでに数多の顔を持つものではないのか

果実は常に愛の所産である故
それは私をどのように変えた

そしてこの衝迫はどこから来たのか
かつて双児宮において自らに出会ったという
伝説に由来するものなのか

（その種子には異種の力より
　統合へと　あまたの願いが
　込められてある）
（過去も未来も永遠と共に
　その内にはある）

風の言葉　すでにその一部であると思える
私の障礙《しょうがい》は　とどまることの内にある

Ⅲ　光の綾はさらなる豊饒な海の目覚めをも誘う

雷雲のなか　凪の車輪は進む
沈黙の身ぶりのうちに
授けられた言葉を抱き
さらに先ゆく凪を追って

たくわえられた息のうちに在れ
すでに分かたれた世界に
星の霊たちは歩み行き
暗黒をも統べている

光の粒子よ　波打つ帯よ
深い夜の中　混沌の空の下
海の眠りを前に

天使たちも歌っていた

夜の深みから
立ちのぼる
霊の太陽に
連繋《れんけい》はいや増し
うたは光
眠りに流れ入る
天上の調べは
魂の基調となり
目覚めに
力と涼風をおくる

目覚めの時は
訪れるだろう

夜に絶え間ない
歌の光が
魂そのもののように
そそがれ
いつと問うこともなく
永遠の今

歌うがよい魂も
それを自らの
音とするのだ
天上の調べと
魂の歌が
内なる海を揺さぶり
魂と魂をつなぐ
光の綾は

さらなる豊饒な海の
目覚めをも誘う

私が眠る時　目覚める存在と
私が目覚める時　眠る存在とは一つ
安らかな寝息をいつも
どこかにきいていた

光臨

そのようにあなたは訪れてきた
不可思議な音楽と共に
自らを知らず満たされる空虚に
満ちる数々の想い

あなたの鋭い一語は
水をくぐり形を変え
一粒の砂を　一塊の土を
原型のままに漂わせた

あらたな光よりも夢の力
あなた方の望むように
左手で夢をはぐくみ
右手でそれを実現するのだと

あの異界からの訪れも歌っていた
とおいつかのまの夜
わたしの額はその口づけでいまだ赤く
両手を伸ばしていま再びたどる

Ⅳ　共につくる未来の夢と魂の在りかを

力とはどこから湧き出すものなのか
深みに降りたち浮かびあがる
水面の波と　水底から水面への流れは
海の自然の一部だった

それと知られず多くの存在を養い
それぞれに揺られながら描いていた形
（わたしらは同じ母から生じたものゆえ
いつか光の中で出会うだろう）

光を知らない
だが光は胎児にも夢想されていたのだ
深海の中で　形づくるそれぞれの夢とともに

☆

海の星　とおい
記憶の糸の織り合わす
水面の香　わたる風
知られずに受け取られた
　空の想念
水の祈りだったかもしれない

死を抱いて
存在のはじめより
死すべきものを
産みつづけた
生と死はたえまない潮
死児たちの声は満ち…

汝はきいていたか
その声なき声
たくわえられた
息の内にある言葉と
光の言葉は同じ

海よ　星よ
だが海はうたえない
海は自らの内に生じた変化に
声を失う
はじめての出来事を
見守りたいと思う

命の祠に

沈められた言葉とは
もう一つの太陽とは
やわらいだ
水にしみわたる光を
自らの体と感じ

予感に満たされて
自らを抱く
新たな胎動を
覚えるたび
空に虹と透明な
光の輪舞をみて

海は在ることも忘れて在った
生も死も望むことなく　ただ新たな鼓動を

あわい眠りのうちに感じて

眠りとも違う　海の乳房は高まりながら
いつしか空の器となる　空に向けて揺られながら
宇宙の想念で満たし

嵐の夜に撒かれていた星　無私の養育者たちを
はじめて知った　想念が形を取りはじめた
永い永い夜のはじまり

自ら生と死の循環のうちにあるならば
何を怖れることがあるだろう　むしろ
水にきらめく星たちの　定まらぬ形こそ美しい

海は託されたことを知らない

すでに多くの命を宿しつつ何が欠けているのかも
それ故の　ながいながい夜

風　笛

風まとう光よ
あなたは誰であったろうか
その面ざしの前　私は目を伏せ
もう語る言葉もない
けれどもあなたの示した
海の面に　傷を開いて
翼を鳥を生まんと空に描いて
立ちあがる
かつて語られた言葉が

ここまでの道のりならば
私は礼をつくし
手を差しのべて別れよう
（あなたの慈愛
　あなたの力が流れ入る）
そして凪よ
私らの戯れと
水の愛撫は　私を育み
もう一つの体を示していた
（その精妙な体も死すべきもの）
けれども確かに私は
共につくる未来の夢と
魂の在りかを知らされたのだ

Ⅴ　双子の存在とはいつか出会う…（伝説）

師よ
古の時から私らを
見守りつづけていた
沈黙の師よ
私らは土の小舟に揺られて
樹の枝の下
私らはきいています
時には絃　時には鈴
王国の賑わいを離れて
過去から未来から
囁いているもののような

（魂の王国に住まう主は

いまだ幼く　私らの成長を
うつし促している）
（建築は自らの想い
　柔らかな夢　そして
黙想の後の意志）
（私らのつくりあげた神殿にある
はるか過去からの実質）

鳥が私らを持ち上げ
驚いて抱きあう腕の中に
　もうおまえはいない
おまえは常に海に属すものなのか
荒れ狂う海の太母よ
娘の白い腕が見えかくれし

私は落下しつつ
波に触れることもかなわず
球形の上からのぞいている
過ぎ去ってゆく風景には
記憶にない
おまえと私の姿があり

幾度も求め合い失ってきたのだ
　そう思える
目にするものすべてに
感じられた香気が
何に由来するのか
　　今知らされていた

思念が一つの形をとった

私らは忘却を常とするもの
けれどもおまえの示した物語を
　忘れはしない

伝説

人間よりはじめに
人間に先行する存在たちがあった
天使と人間の間に位置するものを
ひとり神は夢想された
常に神の御手のうちにあり
その術を満たした後
再び神の懐におさめられる
時を超え　人間の中を歩き

人間と共に悩み苦しみ…
そして神は黙し
彼らが独自の経験を積み
独自の意識を形成してゆくことを
いわば良しとされたのだ

彼の唯一の個性は染まることであった
風にあっては風をまとい
水辺にあっては水に染まり
砂漠の静けさと嵐の間
寒暑の中を順応し歩み続けた
満天の星に自らを忘れ
空を仰ぎ星の歌に耳を傾けていた

（双子の存在とは

いつか出会う存在のことだろうか）

町のあかりを遠くに
これからおこるであろう
未知の体験に心躍らせもした
彼はすでに大地の子であった

人々の行き交う道の上で
呼びとめられ尋ねられた
　旅の童子よ　あなたは何処から来た
けれども記憶は砂漠の彼方より先には
及ばなかった
焼きつける太陽の熱と夜の冷気が
彼を変えていった
（私は何処から来たのだろう）

染まることを常とした彼の心にも
その問いは深く影を落とした

物売りの声や
うねりと化したざわめきに引き戻され
町の香りと共に
ながく伝えられた一つの歌に
町全体が満たされているのを知った
通りから離れ
崩れかけた石の小さな建物から
流れてくる低い祈り
老女の言葉はそこに眠る少女の
姿を彷彿させ　彼の心に像を結んだ
最もみじめでしかも至福な
死の床から訪れてくる人々に

とぎれがちに魂の歌をうたった
自らの命を枯らすほどに

天上の光と高揚した魂の余韻が
この場から
放たれていた
　私の歌は
と彼は細い澄んだ声をきいた
両者の光が溶けあうことにより
命を与えられていたのです
私の歌ではなく
人々の深みにある想いが歌わせた歌
それは死者も生者もひとりひとり
自ら歌う歌でもあったのです

旅の者は旅へと向かう
そのように人々の目は語っている
そして双子の存在とは…
すでに大地の子であることを
　やめていた

はじめてのうねり高まる想いの中を
　彼はひとり歩いていた
いっせいに靡《なび》く緑の草の中に
　見えかくれする人らしき…
引き寄せられるままに後を追う
その道の上　植物たちの語った
今ここに在ることの諦念
（そして私らはみな
星辰《せいしん》に属すもの

町の人々もあなたも）

記憶をうしない
　人はみな
永久にさまよう
　これまで歩いてきた道も
歩かれるであろう道も
大地に描かれた道のりは
空にも描かれるだろう
　その同じ道を
あのひとは
　死者たちの夢をのせ
歌いながら
　ひそやかに進んでゆく
いつか空間は

開かれ
それぞれに
互いを認めあう
その時に再び

彼ははじめての歌をうたった
何人か微笑んで耳を傾けていた
そして自ら歌われたもののように
町や村や林の中を
名づけ　呼びかけ　成り変わり
歩きつづけた

歌われたものからなる世界
心　すませば
今も浮かび

渡らせながら

Ⅵ　想起せよ！　私らは一つだ

私らは遅れてきた存在
彼らの足跡と空間にとどまる
生命の力だけは感じることはできる
たえず移りゆく流れの中に身を置き
果敢に飛びたち降りたってゆく
とおい過去に畏れ故に身を引き
目をつぶってきた事ども
それ故いつしか互いに互いを
見失っていたのだ

本当に何と異質な存在と思えたことか
相反する心を抱いて
理解しようと努めるほどに
自らの無力を知らされていた

もとよりどのような美徳も
過剰となればたちまち
悪徳と変わりうる
一方の極へと昇りつめ

いつしか互いに互いの心が
見えなくなった
声もなく墜ちてゆくその先
中央の樹の中ほどに
天使の翼だけを認めて

おまえの心を知ったのは
失った後のことだ
ながい夜と闇のうち
どのような恩寵によってか
そのありのままの心を知らされていた

夜の旅を共に旅する
はじめての旅
驚異と怖れと愛の燈火
(もう過去も未来も溶け合っている)
おまえの手の温もりを感じ
一つの存在となるほどに

光が闇に浸透する

あるいは闇が光を包む
視界はそのように変わっていった
闇の諧調が形を成し
　ささやきかける

永続するものとは
　この闇と光の戦い
このように侵犯し
　その形を変えてゆく
行くがよい
　この永遠の相剋のうちを
変身を余儀なくさせる
　さまよい人として
我らは汝らを
　迎えるだろう

こうして幾度も転生を重ねてきたのだ
私らが自らを見いだしそのものとなり
つかのま体験してもなお

そしてそれを望んだのだ！
一瞬の光明もたちまち消え
私の中でおまえが導き
おまえの中で私が導いていた

変身と共に転生を重ねる
無力と思えた私にも
おまえ故に勇気が生まれた
闇は私の内にあった
流動する現在の中

かつては真実の一部でもあった慣習
引き裂かれ至るところに散らばる
自らを互いに集め
幾度か新しい体をまとった

おまえに包まれていると感じる
けれどもおまえは本当におまえなのか
夜の娘　死の恍惚に身を震わせている
おまえの何と冷たい…
私も又おまえを包む
私らは遠くからきた
想起せよ！　私らは一つだ

再び出会うための別れだったかもしれない
だが合一し互いの中に生まれた種子は

まさしく父であり子であり
おまえであり私なのだ
それは私らが滅んでもある永遠の核
それは成長をはじめるだろう
そして未来　その時において
新たな体をまとった私らは
互いに互いを見いだすだろう

VII　宇宙に掲げられた十字は各々の中心

海の教えた神の霊を容れる
秘術としての冷たさから
蘇ったのも　つかのま
女の腕から離れて　彼は

火と水の元素から
切り裂かれた中心の枝と
歌の力と太陽の力を集めて
自らを織り上げる

あの合一の時にも
すでに彼らの友として在った
別れはより完全なものとして
再び出会うためのものなのだと

語りかけたのは
何人であったのか
自ら苛酷な生を知り
受け入れ　囁いていた

女はその声をきき
男はその心の命ずるままに
さらに旅をつづけていた
　友と同じあの必然の道

私の死ははじめから在った
二重の存在として生まれ
死の境界を取り払い
その認識を恐怖から解放する

私の名は悦び
世界は以前にもまして拡がり
音　光　色　香りの中
虚ろな心にも嘆きの部屋にも現われる

復活とは
集めまた散り
吹きわたる風となること
遍在する命となること

私はここにいる
息を吸うその中に
言葉の精髄と共に
愛として

愛になりなさい
愛から生まれた言葉は
愛にかえる　そうして私は
　存在の魂にあまねく…

いつ開かれたものとなりうるのか
いつ与えるものとなりうるのか
困難な嵐の時にも
耐え　力を見いだせるものを

あの樹の生命の力
宇宙に掲げられた十字は各々の中心
そこに変わらず
おまえである私がいる

Ⅷ　時空を超える愛には

いまだ果たされぬ夢の行方

深淵の燈火
永遠の深みにも匹敵する
混沌の嵐の中に
　愛の幻像が漂っている
夢みられた夢
弧を描いて天使と幼子の行く先
密度を増す空間に
死者たちもその姿を現わし…

　（わたしらは
独立した本性であると共に
その全体としてあるもの）
（循環する光の帯は
存在をめぐり宇宙をめぐり
また収斂する）

（地上の生を生きる者たちの愛が
むしろわたしらの目を開かせていた）

（もとより
どのような介入も為されるべきでは
なかったかもしれない）
（けれども彼らの魂が
侵入した時から）
（この世界にも変化が
もたらされていたのだ）

（彼らの苦悩は
わたしらの苦悩となった）
（彼らが認めずとも
すべてが光に結ばれてある

この世界にあっては
（どうしてその痛みを
　感ぜずにはいられよう）
（愛の拡大が彼らには問われた）
（悲惨な現実においても
その神性を現わすことが問われた）
（自他ともども　そして
わたしらの救済の術も）

（カルマを負いつつ
カルマを突き抜けた愛の現実）
（孤独が自らを養い他者を養い）
（人々の間にあっても
　孤独であれと）

（古の薔薇園は
荒れ果てて住む者もない）
（幼い日に夢みたであろう
丘の上の明るい庭園に
迷いこんだ時のように）
（だが彼らの日は
いつまでともしれぬ
ながい夜であった）

（時空を超える愛には
すべての想いが凝縮されてある）
（それは私らの愛の形でもあった）
（そして波が拡がるように
死者と生者の間にも　つかのま
交流が可能とされていった）

（女よ　浄化された魂よ
霊の言葉を孕むものであれ）
（天上の子らがおまえの内に降りてゆく）
（わたしらは指し示すもの）
（おまえの苦しみを　もう
和らげることもできない）
（けれども魂は悦びに満たされるだろう）
（彼らの愛も変容をとげて
夜に光をもたらすだろう）

Ⅸ　おまえは大地の種子となる

光の先を夜の星が照らす

鳥　魂の島

燃えあがる命の兆しに
ほのかにゆれる

人間の中で生じたものは
神秘な合一の内
孤独な道の果て

震えているのは
おまえばかりではない
新たな出来事を前に
我らもまた息をのんで
見守っている
おまえから放射される仄かな光は
　あまたの存在に由来し…

聖なる両性具有よ
その実在は我々の望み
創造する本性が
おまえを変容へと導き
深い夢うちの行為は
相互の力として働いていた
この島宇宙に
新しい命が誕生する

かつて神々の夢想したものが
ここに在る　おまえと我らの永い道の上

その高みであるべく姿を直視せよ
おまえの担うものはこんなにも美しく

いまだ移ろいやすいものといえども
自らを知るおまえはおまえであり
多くの他者となった

光の柱　人間の秘密
その理想はすでにありまた生みだされる
この奇《くし》びなる産霊《むすひ》
人間と我らの共働のうち

おまえの望むように
おまえは大地の種子となる

光よ　受精した未来よ
何ものにも囚われぬ

その祈りは力

X　宇宙樹の果てに自らを見

浄化された面に雫が落ちる
透明な樹の下
視界がわずか拡がり
嵐の後の晴朗さの中
人は耕しはじめた

稀薄な大地ではあっても
再び人間の集うこの地で
私は石となるのだ
宇宙はそれぞれを

ふさわしい所に置かれる
その摂理を受け入れるならば
生は輝きを増し
死はいっそう親しいものに
なるだろう

夜に訪れた言葉
その余韻が私と
この大地を支えている
人間の霊の深みの
静かなる意志のもたらす
露に映り　露の中の世界

中心を包み拡がる
かすかな気流が

わたしを照らす
遍在するわたしは
在ろうとしたものであった
自らを構築する
世界を構築する
注がれる熱に温められ
存在の内部にあまたの存在を
創らんとした

エーテル気圏の伝説の島の
実在の数ほどにもある中心
しずかな光に包まれ　今
人間はおだやかに目を開いた
はじめて目にする
宇宙樹の果てに自らを見

一つの呼吸に全身は
力に満たされていった

内界の夢と外界の光の結ぶ
新たに生まれた人間は
透明な魂で世界を抱擁した
すでに在るもの
それは祝福され
沈む影をも含んでいた

かつての幻影の門をめぐり
四大の霊たちは奏でつづけた
構想された夢が
人の耕す音と共に
密度を増し

現われよ！
あまたの存在の働きより成る
二重の夢
自らの由来を認めて
在ろうとし　すでに在った
人間の奥処より連なる
新たなる島　新たなる神殿

生命の木の実を食し
永遠の相がまとった時の衣
変容しつつ尚
本来のものへと

耕す存在　目を覚ます存在

一対の構築された夢の後に
受肉した存在は
再生へのながい旅の後の
彼ではない彼でもあった

石の夢

魂は時を超えて結ばれた
人間の思考し夢想したものの
精髄を知覚し私もまた
新たな夢をまとわせた

私はその石
天の四隅より収斂された基

私のしずかに立ちのぼる
この香気を糧とするがよい

足音がきこえる
しばし憩いまた行くため
人間の光に満たされた魂を
もう押しとどめるものはない

空の夢　大地の夢
地球の再生の前夜の
苦難と苦痛の只中へ
私は招じまた解放するもの

XI　声の方へと身を起こす

石に育まれながら
牢獄と感じて幾年
触れる風
源から発して伝う水
一日が千年のごとくに

呼ぶ声はなつかしく
死者と生者のはざまから
声の方へと身を起こす

今も変わらぬ
身体をめぐる音なのか
星のうたう歌なのか

石うちに
いまだ夢みているだけなのか

朝露や太古の苔むした緑に
血はしだいに火と燃え
周囲に同じ人の姿をみる

かつてそのように在ったあなたよ
変わらぬ転生の友よ
私らが震えているのは
互いの隔たり故ではない

あの国では一つであった
隔たりは力であるとすでに知る
そしてこの続く道筋で

どのように体現し
伝えてゆけるのだろうか

鐘よ
終わりと始まりを告げる鐘よ
光の繊維を震わし
すでにその響きで世界の祖型を
あらわした鐘よ！

☆

音もなく拡がる余韻の内に
建設の音をかすか響かせ
遠ざかる存在
生と死を照らす光よ

私らの行為が消えゆくものであっても
それは望むべきこと
彼方ではあまたの存在の織りなす糸が
変容しつつ未来へと…

星々と共にその一部であった
痛みは同じ痛み
ゆらぎからはじまる私らの予感に
風にゆれる草木　死者たちの声

緊張と破壊はつづくだろう
多くの眠りを経ても
なぜ過つものであるのか
なぜ悲しげに問う

空の白みはじめるその前に
おまえも息をたくわえ
身をおこし　石の内より
しずかに歩み出るがよい

〈終　詩〉言葉の織物からなる存在たちが……

夜ごと
織られた糸の軽さ
夜は永劫につづき
火は燃え
尚もつづく営みのうち
何人か戸を叩く

いっときの帰還
あなたは私の内で
　やすらい
名づけえぬ存在たちが
なおも明かせと
身振りする

（はじめの輝きを失った私らは
新しく呼びかけられ
名づけられることにより
忘却から救われ甦るのです）

ひとつ窓を開ければ
光が射し込み
鳥もうたう
春は多くの訪れから成り

ごらん
言葉の織物からなる
存在たちが
天と地を行き来して

春の夢なら
さらに夢みる
　つかのま
全き存在となった私も
あなたの不在に耐え
あの存在たちの衣裳を織る

光の糸をよりあわし
わたる笛の音とともに
この指間からこぼれる音が
あなた方の夢であれと
風の中にその記憶を
　とどめ

あとがき

このたび初めての詩集を上梓いたします。

一九七七年、中村文昭氏、坂井信夫氏編集の「あぽりあ」という詩誌に出会い、新宿で開かれていた月一回の勉強会への参加が、詩への向き合い方を決定づけ、ようやくここに至ることができました。両氏にあらためて深く感謝の意を表します。

「あぽりあ」は一九七八年四月十日発行、二十五号（封印号）で終刊となり、その後は自らの課題として少しずつ断片のように書いていました。本詩集は一九八〇年代後半から九〇年代初めに書かれたものに若干の修正を加えたものです。

九〇年代半ば以降は詩から離れていたものの、昨年、仕事を離れ、終活を考えるようになり、不安を覚えつつも、勇気を出して詩集を出版してみようと思うようになりました。

幼年期、鏡に映った自分の姿に対する「これがワタシ？」という感覚。そして「在る」ことの不安定感を内部にいつまでも引きずっていることが、私の詩の原点でしょうか。

この「在る」ことの確信のなさと「四つの試み」をキーワードにこの詩は書き進められています。

いっとき自分を明け渡すこと、自分を手放すことにより流れ込んでくるものに虚心であること。また「汝自身を知れ」という言葉に触発され、もがき続けた行程がおのずと反映されて、この詩は成立したのだと言えるかもしれません。

外側を流れる時間と内部を流れる時間の落差は容赦なく、昨日のことのように思える出来事も、こんな過去の出来事だったのだと、今さらながら驚いています。

本詩集はコールサック社代表の鈴木比佐雄氏の多くの的確なアドバイスにより、骨格が生まれ、読みやすいものに生まれ変わりました。心から御礼を申し上げます。

そしてこれまで職場や学びの場、日常の営みの中で、多くの気づきを与えて下さった方々、その出会いは必然だったのだと、お一人おひとり懐かしく思い致しております。

二〇二三年　二月

おくやま なおこ

おくやま なおこ　略歴

新潟市秋葉区（旧新津市）生まれ
現在　横浜市在住
2023年5月『存在の海より――四つの試みの為のエチュード』刊

MAIL　manaho@peach.ocn.ne.jp

石炭袋

詩集　存在の海より　――四つの試みの為のエチュード

2023年5月10日初版発行
著者　　　　　おくやまなおこ
編集・発行者　鈴木比佐雄
発行所　株式会社 コールサック社
〒173-0004　東京都板橋区板橋 2-63-4-209
電話 03-5944-3258　FAX 03-5944-3238
suzuki@coal-sack.com　http://www.coal-sack.com
郵便振替　00180-4-741802
印刷管理　（株）コールサック社　制作部

装幀　松本菜央

落丁本・乱丁本はお取り替えいたします。
ISBN978-4-86435-567-4　C0092　￥2000E